Ernest Renan

Qu'est-ce qu'une nation ?

Conférence en Sorbonne, le 11 mars 1882

JDH Éditions

Les Atemporels

Les Atemporels

Qu'il s'agisse d'œuvres du vingtième siècle, du dix-neuvième, du dix-huitième ou encore plus tôt…

Qu'il s'agisse d'essais, de récits, de romans, de pamphlets…

Ces œuvres ont marqué leur époque, leur contexte social, et elles sont encore structurantes dans la pensée et la société d'aujourd'hui.

La collection « Les Atemporels » de JDH Éditions, réunit un choix de ces œuvres qui ne vieillissent pas, qui ont une date de publication (indiquée sur la couverture) mais pas de date de péremption. Car elles seront encore lues et relues dans un siècle.

La plupart de ces atemporels sont préfacés par un auteur ou un penseur contemporain.

©2022. EDICO
Édition : JDH Éditions
77600 Bussy-Saint-Georges. France

Imprimé par BoD – Books on Demand, Norderstedt, Allemagne

Conception couverture : Cynthia Skorupa
Illustration couverture : Pixabay

Préface par Benoist Rousseau

ISBN : 978-2-38127-236-8
ISSN : 2681-7616
Dépôt légal : janvier 2022

Préface

Le 11 mars 1882, l'universitaire et académicien Ernest Renan (1823-1892) prononce à la Sorbonne une conférence intitulée : « Qu'est-ce qu'une nation ? » Ce discours rencontre immédiatement un énorme succès qui ne se dément pas au fil du temps.

Salué et acclamé par la presse et ses pairs, étudié, analysé, décortiqué, glorifié, il est le texte de référence qui fait autorité sur la « conception française » de la nation depuis deux siècles.

Des républicains patriotiques du XIXe siècle aux nationalistes barrésiens du XXe siècle, en passant par les fédéralistes européens du XXIe siècle, chacun y puise une source de réflexion et de légitimité sur sa conception de la nation si différente en apparence.

Cela doit nous interroger. Pourquoi la pensée d'Ernest Renan traverse les siècles, les modes et les courants politiques avec une telle agilité ? Qu'est ce qui rend ce texte si particulier et essentiel pour toucher l'âme des lecteurs, de génération en génération, et en faire un texte si fondamental ?

À l'origine de *Qu'est-ce qu'une nation ?*

Les réflexions de Renan sur la nation ne surgissent pas de nulle part. Elles sont l'aboutissement de violents débats entre les historiens français et allemands depuis plus d'une décennie. Et l'académicien entend par ce texte clore définitivement le débat.

Il y a pris un soin extrême, comme il l'écrit dans sa préface de 1887 :

« Le morceau de ce volume auquel j'attache le plus d'importance, et sur lequel je me permets d'appeler l'attention du lecteur, est la conférence : *Qu'est-ce qu'une nation ?* J'en ai pesé chaque mot avec le plus grand soin : c'est ma profession de foi en ce qui touche les choses humaines, et, quand la civilisation moderne aura sombré par suite de l'équivoque funeste de ces mots : nation, nationalité, race, je désire qu'on se souvienne de ces vingt pages-là. Je les crois tout à fait correctes. On va aux guerres d'extermination, parce qu'on abandonne le principe salutaire de l'adhésion libre, parce qu'on accorde aux nations, comme on accordait autrefois aux dynasties, le droit de s'annexer des provinces malgré elles. Des politiques transcendants se raillent de notre principe français, que, pour disposer des populations, il faut préalablement avoir leur avis. Laissons-les triompher à leur aise. C'est nous qui avons raison. » (Ernest Renan, *Discours et conférences*, Calmann-Lévy, 1887.)

Mais quel est cet enjeu vital qui a mobilisé les intellectuels des deux côtés du Rhin ?

C'est la question de l'Alsace-Lorraine à la suite de la défaite française de 1870.

Des cendres du Second Empire surgissent deux (re)naissances : la IIIe République en France et l'Empire allemand s'unifiant autour de la Prusse.

Pour sceller la « nouvelle paix » et unité allemande proclamée dans la galerie des Glaces à Versailles le 18 janvier 1871, l'Alsace-Lorraine est cédée par la France à l'Empire allemand en application du traité de Francfort, signé le 10 mai 1871.

C'est ainsi la perte et l'annexion par la force ou le retour et la possession légitime de l'Alsace et de la Lorraine, selon la vision de chaque camp, qui est à l'origine des vifs débats entre les historiens. Et Ernest Renan y tient une place centrale.

Deux conceptions de la nation s'affrontent

La conception allemande de la nation, développée notamment par l'historien Theodor Mommsen, est basée sur la race, la langue, la géographie et, dans une moindre mesure, la religion et la communauté des intérêts. C'est la définition classique de la nation au XIXe siècle.

Après avoir réfuté ces idées par « l'observation des faits historiques », ce qui est l'essentiel de sa conférence, Renan propose une nouvelle approche de la nation, révolutionnaire pour son époque.

La conception française de la nation est une approche volontariste qu'il développe dans la dernière partie de son discours. Tout a été dit sur la pensée de Renan et il la résume lui-même en quelques lignes : « Une nation est une âme, un principe spirituel. Deux choses qui, à vrai dire, n'en font qu'une, constituent cette âme, ce principe spirituel. L'une est dans le passé ; l'autre dans le présent. L'une est la possession en commun d'un riche legs de souvenirs ; l'autre est le consentement actuel, le désir de vivre ensemble, la volonté de continuer à faire valoir l'héritage qu'on a reçu indivis. »

Retenons que la nation pour Renan est avant tout la volonté de vivre ensemble en acceptant un héritage commun et en ayant le désir de le transmettre et de s'inscrire dans sa continuité historique. Rarement mis en évidence dans les analyses sur son discours, cet héritage commun repose en partie sur l'oubli.

Pour faire nation, l'oubli est important pour (re)créer un passé en commun vivable. Les Gallo-Romains ne font plus qu'un avec les guerriers germaniques francs qui les avaient soumis, les Vendéens doivent oublier les massacres des colonnes infernales de la République pour devenir de bons patriotes. Le pardon puis l'oubli sont au cœur du passé commun parfois mystifié.

Un texte de combat

Mais ne vous y trompez pas, ami lecteur, vous avez en main un texte d'anéantissement de la pensée de l'ennemi, une réfutation de la conception allemande de la nation et de son droit à annexer l'Alsace et la Lorraine pour des raisons raciales, linguistiques, géographiques…

L'Empire allemand ne peut revendiquer ces « territoires français » et Ernest Renan met en garde contre le risque à « s'annexer des provinces malgré elles ». Il ne verra pas la Première Guerre mondiale, mais il l'avait pressentie. Le nationalisme exacerbé ne peut conduire qu'à une politique de revanche et l'Alsace-Lorraine servir d'étendard à cette cause (nationale).

Ce que la France n'a pu conserver par la force des armes en 1870, elle le revendique par la force de l'esprit une décennie plus tard. Ainsi, cette conférence donnée à la Sorbonne a été ensuite reprise, diffusée, commentée, approuvée, anoblie en étant présentée comme la conception de la nation, universelle et ouverte de l'esprit français. Justification ultime des droits de la République française à réclamer réparation des territoires arrachés injustement de son sein.

Une conception française de la nation à rayonnement limité

Précisons cependant, que cette conception de la nation ouverte, éclairée et généreuse s'arrête aux rives du Rhin et ne dépasse pas la mer Méditerranée. Ernest Renan, homme de son temps, était favorable à la colonisation.

« La colonisation en grand est une nécessité politique tout à fait de premier ordre. Une nation qui ne colonise pas est irrévocablement vouée au socialisme, à la guerre du riche et du pauvre. La conquête d'un pays de race inférieure par une race supérieure, qui s'y établit pour le gouverner, n'a rien de choquant. » (Ernest Renan, *La Réforme intellectuelle et morale*, 1871.)

Mais si ce texte fait encore autant écho en nous, alors que le sujet semble clos sur la possession de l'Alsace et la Lorraine, c'est qu'en interrogeant l'infiniment grand, « Qu'est-ce qu'une nation ? », il nous pousse à réfléchir à l'infiniment petit, « Qu'est-ce qu'un Français ? », et au final : « Qu'est-ce qu'un Homme ? »

Benoist Rousseau
benoist@benoistrousseau.com
https://www.andlil.com

Vous pouvez consulter gratuitement le webinaire complémentaire sur Ernest Renan et l'idée de nation, intitulé « Qu'est-ce qu'un Français ? » sur le site web :

https://www.andlil.com/ernest-renan/

Biographie

Agrégé de philosophie, docteur en lettres, Ernest Renan (1823-1892) est un célèbre écrivain et historien breton, du XIXe siècle. Il s'est beaucoup intéressé aux religions, a suscité des débats multiples, en particulier avec l'Église catholique lorsqu'il dit que la Bible devait être soumise à un examen critique comme tout document historique. Son célèbre discours prononcé à la Sorbonne, « Qu'est-ce qu'une Nation », est devenu fondateur de la nation française moderne, et fait l'objet de plusieurs publications dont la présente, désormais.

Bibliographie principale

L'Âme bretonne (1854)

Histoire générale et systèmes comparés des langues sémitiques (1855)

Études d'histoire religieuse (1857)

Histoire des origines du christianisme (1863-1883), 7 volumes

Vie de Jésus (1863)

Saint Paul (1869)

L'Antéchrist (1873)

Les Évangiles et la seconde génération chrétienne (1877)

L'Église chrétienne (1879)

Traduction de *L'Ecclésiaste* (1881)

Le bouddhisme (1884)

Histoire du peuple d'Israël (1887-1893), 5 volumes

Avant-propos

Je me propose d'analyser avec vous une idée, claire en apparence, mais qui prête aux plus dangereux malentendus. Les formes de la société humaine sont des plus variées. Les grandes agglomérations d'hommes à la façon de la Chine, de l'Égypte, de la plus ancienne Babylonie ; – la tribu à la façon des Hébreux, des Arabes ; – la cité à la façon d'Athènes et de Sparte ; – les réunions de pays divers à la manière de l'Empire carlovingien ; – les communautés sans patrie, maintenues par le lien religieux, comme sont celles des israélites, des parsis ; – les nations comme la France, l'Angleterre et la plupart des modernes autonomies européennes ; – les confédérations à la façon de la Suisse, de l'Amérique ; – des parentés comme celles que la race, ou plutôt la langue, établit entre les différentes branches de Germains, les différentes branches de Slaves ; – voilà des modes de groupements qui tous existent, ou bien ont existé, et qu'on ne saurait confondre les uns avec les autres sans les plus sérieux inconvénients.

À l'époque de la Révolution française, on croyait que les institutions de petites villes indépendantes, telles que Sparte et Rome, pouvaient s'appliquer à nos grandes nations de trente à quarante millions d'âmes. De nos jours, on commet une erreur plus grave : on confond la race avec la nation, et l'on attribue à des groupes ethnographiques ou plutôt linguistiques une souveraineté analogue à celle des peuples réellement existants. Tâchons d'arriver à quelque précision en ces questions difficiles, où la moindre confusion sur le sens des mots, à l'origine du raisonnement, peut produire à la fin les plus funestes erreurs. Ce que nous allons faire est délicat ; c'est presque de la vivisection ; nous allons traiter les vivants comme d'ordinaire on traite les morts. Nous y mettrons la froideur, l'impartialité la plus absolue.

I

Depuis la fin de l'Empire romain, ou, mieux, depuis la dislocation de l'Empire de Charlemagne, l'Europe occidentale nous apparaît divisée en nations, dont quelques-unes, à certaines époques, ont cherché à exercer une hégémonie sur les autres, sans jamais y réussir d'une manière durable. Ce que n'ont pu Charles-Quint, Louis XIV, Napoléon Ier, personne probablement ne le pourra dans l'avenir. L'établissement d'un nouvel Empire romain ou d'un nouvel Empire de Charlemagne est devenu une impossibilité. La division de l'Europe est trop grande pour qu'une tentative de domination universelle ne provoque pas très vite une coalition qui fasse rentrer la nation ambitieuse dans ses bornes naturelles. Une sorte d'équilibre est établi pour longtemps. La France, l'Angleterre, l'Allemagne, la Russie seront encore, dans des centaines d'années, et malgré les aventures qu'elles auront courues, des individualités historiques, les pièces essentielles d'un damier, dont les cases varient sans cesse d'importance et de grandeur, mais ne se confondent jamais tout à fait.

Les nations, entendues de cette manière, sont quelque chose d'assez nouveau dans l'histoire. L'antiquité ne les connut pas ; l'Égypte, la Chine, l'antique Chaldée ne furent à aucun degré des nations. C'étaient des troupeaux menés par un fils du Soleil, ou un fils du Ciel. Il n'y eut pas de citoyens égyptiens, pas plus qu'il n'y a de citoyens chinois. L'antiquité classique eut des républiques et des royautés municipales, des confédérations de républiques locales, des empires ; elle n'eut guère la nation au sens où nous la comprenons. Athènes, Sparte, Sidon, Tyr sont de petits centres d'admirable patriotisme ; mais ce sont des cités avec un territoire relativement restreint. La Gaule, l'Espagne, l'Italie, avant leur absorption dans l'Empire romain, étaient des ensembles de peuplades, souvent liguées entre elles, mais sans institutions centrales, sans dynasties. L'Empire assyrien, l'Empire persan, l'Empire d'Alexandre ne furent pas non plus des patries. Il n'y eut jamais de patriotes assyriens ; l'Empire persan fut une vaste féodalité. Pas une nation ne rattache ses origines à la colossale aventure d'Alexandre, qui fut cependant si riche en conséquences pour l'histoire générale de la civilisation.

L'Empire romain fut bien plus près d'être une patrie. En retour de l'immense bienfait de la cessation des guerres, la domination romaine, d'abord si dure, fut bien vite aimée. Ce fut une grande association, synonyme d'ordre, de paix et de civilisation. Dans les derniers temps de l'Empire, il y eut, chez les âmes élevées, chez les évêques éclairés, chez les lettrés, un vrai sentiment de « la paix romaine », opposée au chaos menaçant de la barbarie. Mais un empire, douze fois grand comme la France actuelle, ne saurait former un État dans l'acception moderne. La scission de l'Orient et de l'Occident était inévitable. Les essais d'un empire gaulois, au IIIe siècle, ne réussirent pas. C'est l'invasion germanique qui introduisit dans le monde le principe qui, plus tard, a servi de base à l'existence des nationalités.

Que firent les peuples germaniques, en effet, depuis leurs grandes invasions du Ve siècle jusqu'aux dernières conquêtes normandes au Xe ? Ils changèrent peu le fond des races ; mais ils imposèrent des dynasties et une aristocratie militaire à des parties plus ou moins considérables de l'ancien Empire d'Occident, lesquelles prirent le nom de leurs envahisseurs. De là une France, une Burgondie, une Lombardie ; plus tard, une Normandie. La rapide prépondérance que prit l'empire franc refait un moment l'unité de l'Occident ; mais cet empire se brise irrémédiablement vers le milieu du IXe siècle ; le traité de Verdun trace des divisions immuables en principe, et dès lors la France, l'Allemagne, l'Angleterre, l'Italie, l'Espagne s'acheminent, par des voies souvent détournées et à travers mille aventures, à leur pleine existence nationale, telle que nous la voyons s'épanouir aujourd'hui.

Qu'est-ce qui caractérise, en effet, ces différents États ? C'est la fusion des populations qui les composent. Dans les pays que nous venons d'énumérer, rien d'analogue à ce que vous trouverez en Turquie, où le Turc, le Slave, le Grec, l'Arménien, l'Arabe, le Syrien, le Kurde sont aussi distincts aujourd'hui qu'au jour de la conquête. Deux circonstances essentielles contribuèrent à ce résultat. D'abord le fait que les peuples germaniques adoptèrent le christianisme dès qu'ils eurent des contacts un peu suivis avec les peuples grecs et latins. Quand le vainqueur et le vaincu sont de la même religion, ou plutôt, quand le vainqueur adopte la religion du vaincu, le système turc, la distinction absolue des hommes d'après la religion, ne peut plus se produire. La seconde circonstance fut, de la part des conquérants, l'oubli de leur propre langue. Les petits-fils de Clovis, d'Alaric, de Gondebaud, d'Alboïn, de Rollon, parlaient déjà roman. Ce fait était lui-même la conséquence d'une autre particularité importante ; c'est que les Francs, les Burgondes, les Goths, les Lombards, les Normands avaient très peu de femmes de leur race avec eux. Pendant plusieurs générations, les chefs ne se marient qu'avec des femmes germaines ; mais leurs concubines sont latines, les nourrices des enfants sont latines ; toute la tribu épouse des femmes latines ; ce qui fit que la *lingua francica*, la *lingua gothica* n'eurent, depuis l'établissement des Francs et des Goths en terres romaines, que de très courtes destinées. Il n'en fut pas ainsi en Angleterre ; car l'invasion anglo-saxonne avait sans doute des femmes avec elle ; la population bretonne s'enfuit, et, d'ailleurs, le latin n'était plus, ou même, ne fut jamais dominant dans la Bretagne. Si on eût généralement parlé gaulois dans la Gaule, au Ve siècle, Clovis et les siens n'eussent pas abandonné le germanique pour le gaulois.

De là ce résultat capital que, malgré l'extrême violence des mœurs des envahisseurs germains, le moule qu'ils imposèrent devint, avec les siècles, le moule même de la nation. *France* devint très légitimement le nom d'un pays où il n'était entrée qu'une imperceptible minorité de Francs. Au Xe siècle, dans les premières chansons de geste, qui sont un miroir si parfait de l'esprit du temps, tous les habitants de la France sont des Français. L'idée d'une différence de races dans la population de la France, si évidente chez Grégoire de Tours, ne se présente à aucun degré chez les écrivains et les poètes français postérieurs à Hugues Capet. La différence du noble et du vilain est aussi accentuée que possible ; mais la différence de l'un à l'autre n'est en rien une différence ethnique ; c'est une différence de courage, d'habitudes et d'éducation transmise héréditairement ; l'idée que l'origine de tout cela soit une conquête ne vient à personne. Le faux système d'après lequel la noblesse dut son origine à un privilège conféré par le roi pour de grands services rendus à la nation, si bien que tout noble est un anobli, ce système est établi comme un dogme dès le XIIIe siècle. La même chose se passa à la suite de presque toutes les conquêtes normandes. Au bout d'une ou deux générations, les envahisseurs normands ne se distinguaient plus du reste de la population ; leur influence n'en avait pas moins été profonde ; ils avaient donné au pays conquis une noblesse, des habitudes militaires, un patriotisme qu'il n'avait pas auparavant.

L'oubli, et je dirai même l'erreur historique, sont un facteur essentiel de la création d'une nation, etc'est ainsi que le progrès des études historiques est souvent pour la nationalité un danger. L'investigation historique, en effet, remet en lumière les faits de violence qui se sont passés à l'origine de toutes les formations politiques, même de celles dont les conséquences ont été le plus bienfaisantes. L'unité se fait toujours brutalement ; la réunion de la France du Nord et de la France du Midi a été le résultat d'une extermination et d'une terreur continuée pendant près d'un siècle. Leroi de France, qui est, si j'ose le dire, le type idéal d'un cristallisateur séculaire ; le roi de France, qui a fait la plus parfaite unité nationale qu'il y ait ; le roi de France, vu de trop près, a perdu son prestige ; la nation qu'il avait formée l'a maudit, et, aujourd'hui, il n'y a que les esprits cultivés qui sachent ce qu'il valait et ce qu'il a fait.

C'est par le contraste que ces grandes lois de l'histoire de l'Europe occidentale deviennent sensibles. Dans l'entreprise que le roi de France, en partie par sa tyrannie, en partie par sa justice, a si admirablement menée à terme, beaucoup de pays ont échoué. Sous la couronne de saint Étienne, les Magyars et les Slaves sont restés aussi distincts qu'ils l'étaient il y a huit cents ans. Loin de fondre les éléments divers de ses domaines, la maison de Habsbourg les a tenus distincts et souvent opposés les uns aux autres. En Bohême, l'élément tchèque et l'élément allemand sont superposés comme l'huile et l'eau dans un verre. La politique turque de la séparation des nationalités d'après la religion a eu de bien plus graves conséquences : elle a causé la ruine de l'Orient. Prenez une ville comme Salonique ou Smyrne, vous y trouverez cinq ou six communautés dont chacune a ses souvenirs et qui n'ont entre elles presque rien en commun. Or l'essence d'une nation est que tous les individus aient beaucoup de choses en commun, et aussi que tous aient oublié bien des choses. Aucun citoyen français ne sait s'il est burgonde, alain, taïfale, visigoth ; tout citoyen français doit avoir oublié la Saint-Barthélemy, les massacres du Midi au XIIIe siècle. Il n'y a pas en France dix familles qui puissent fournir la preuve d'une origine franque, et encore une telle preuve serait-elle essentiellement défectueuse, par suite de mille croisements inconnus qui peuvent déranger tous les systèmes des généalogistes.

La nation moderne est donc un résultat historique amené par une série de faits convergeant dans le même sens. Tantôt l'unité a été réalisée par une dynastie, comme c'est le cas pour la France ; tantôt elle l'a été par la volonté directe des provinces, comme c'est le cas pour la Hollande, la Suisse, la Belgique ; tantôt par un esprit général, tardivement vainqueur des caprices de la féodalité, comme c'est le cas pour l'Italie et l'Allemagne. Toujours une profonde raison d'être a présidé à ces formations. Les principes, en pareil cas, se font jour par les surprises les plus inattendues. Nous avons vu, de nos jours, l'Italie unifiée par ses défaites, et la Turquie démolie par ses victoires. Chaque défaite avançait les affaires de l'Italie ; chaque victoire perdait la Turquie ; car l'Italie est une nation, et la Turquie, hors de l'Asie Mineure, n'en est pas une. C'est la gloire de la France d'avoir, par la Révolution française, proclamé qu'une nation existe par elle-même. Nous ne devons pas trouver mauvais qu'on nous imite. Le principe des nations est le nôtre.

Mais qu'est-ce donc qu'une nation ? Pourquoi la Hollande est-elle une nation, tandis que le Hanovre ou le grand-duché de Parme n'en sont pas une ? Comment la France persiste-t-elle à être une nation, quand le principe qui l'a créée a disparu ? Comment la Suisse, qui a trois langues, deux religions, trois ou quatre races, est-elle une nation, quand la Toscane, par exemple, qui est si homogène, n'en est pas une ? Pourquoi l'Autriche est-elle un État et non pas une nation ? En quoi le principe des nationalités diffère-t-il du principe des races ? Voilà des points sur lesquels un esprit réfléchi tient à être fixé, pour se mettre d'accord avec lui-même. Les affaires du monde ne se règlent guère par ces sortes de raisonnements ; mais les hommes appliqués veulent porter en ces matières quelque raison et démêler les confusions où s'embrouillent les esprits superficiels.

II

À entendre certains théoriciens politiques, une nation est avant tout une dynastie, représentant une ancienne conquête, conquête acceptée d'abord, puis oubliée par la masse du peuple. Selon les politiques dont je parle, le groupement de provinces effectué par une dynastie, par ses guerres, par ses mariages, par ses traités, finit avec la dynastie qui l'a formé. Il est très vrai que la plupart des nations modernes ont été faites par une famille d'origine féodale, qui a contracté mariage avec le sol et qui a été en quelque sorte un noyau de centralisation. Les limites de la France en 1789 n'avaient rien de naturel ni de nécessaire. La large zone que la maison capétienne avait ajoutée à l'étroite lisière du traité de Verdun fut bien l'acquisition personnelle de cette maison. À l'époque où furent faites les annexions, on n'avait l'idée ni des limites naturelles, ni du droit des nations, ni de la volonté des provinces. La réunion de l'Angleterre, de l'Irlande et de l'Écosse fut de même un fait dynastique. L'Italie n'a tardé si longtemps à être une nation que parce que, parmi ses nombreuses maisons régnantes, aucune, avant notre siècle, ne se fit le centre de l'unité. Chose étrange, c'est à l'obscure île de Sardaigne, terre à peine italienne, qu'elle a pris un titre royal. La Hollande, qui s'est créée elle-même, par un acte d'héroïque résolution, a néanmoins contracté un mariage intime avec la maison d'Orange, et elle courrait de vrais dangers le jour où cette union serait compromise.

Une telle loi, cependant, est-elle absolue ? Non, sans doute. La Suisse et les États-Unis, qui se sont formés comme des conglomérats d'additions successives, n'ont aucune base dynastique. Je ne discuterai pas la question en ce qui concerne la France. Il faudrait avoir le secret de l'avenir. Disons seulement que cette grande royauté française avait été si hautement nationale, que, le lendemain de sa chute, la nation a pu tenir sans elle.

Et puis le XVIIIe siècle avait changé toute chose. L'homme
était revenu, après des siècles d'abaissement, à l'esprit antique,
au respect de lui-même, à l'idée de ses droits. Les mots de patrie
et de citoyen avaient repris leur sens. Ainsi a pu s'accomplir
l'opération la plus hardie qui ait été pratiquée dans l'histoire,
opération que l'on peut comparer à ce que serait, en physiologie, la tentative de faire vivre en son identité première un corps
à qui l'on aurait enlevé le cerveau et le cœur.

Il faut donc admettre qu'une nation peut exister sans principe dynastique, et même que des nations qui ont été formées
par des dynasties peuvent se séparer de cette dynastie sans pour
cela cesser d'exister. Le vieux principe qui ne tient compte que
du droit des princes ne saurait plus être maintenu ; outre le droit
dynastique, il y a le droit national. Ce droit national, sur quel
critérium le fonder ? À quel signe le connaître ? De quel fait
tangible le faire dériver ?

I. — *De la race, disent plusieurs avec assurance.* Les divisions arti-
ficielles, résultant de la féodalité, des mariages princiers, des
congrès de diplomates, sont caduques. Ce qui reste ferme et fixe,
c'est la race des populations. Voilà ce qui constitue un droit, une
légitimité. La famille germanique, par exemple, selon la théorie
que j'expose, a le droit de reprendre les membres épars du germanisme, même quand ces membres ne demandent pas à se
rejoindre. Le droit du germanisme sur telle province est plus fort
que le droit des habitants de cette province sur eux-mêmes. On
crée ainsi une sorte de droit primordial analogue à celui des rois
de droit divin ; au principe des nations on substitue celui de
l'ethnographie. C'est là une très grande erreur, qui, si elle devenait
dominante, perdrait la civilisation européenne. Autant le principe
des nations est juste et légitime, autant celui du droit primordial
des races est étroit et plein de danger pour le véritable progrès.

Dans la tribu et la cité antiques, le fait de la race avait, nous le
reconnaissons, une importance de premier ordre. La tribu et la
cité antiques n'étaient qu'une extension de la famille. À Sparte, à

Athènes, tous les citoyens étaient parents à des degrés plus ou moins rapprochés. Il en était de même chez les Beni-Israël ; il en est encore ainsi dans les tribus arabes. D'Athènes, de Sparte, de la tribu israélite, transportons-nous dans l'Empire romain. La situation est tout autre. Formée d'abord par la violence, puis maintenue par l'intérêt, cette grande agglomération de villes, de provinces absolument différentes, porte à l'idée de race le coup le plus grave. Le christianisme, avec son caractère universel et absolu, travaille plus efficacement encore dans le même sens. Il contracte avec l'Empire romain une alliance intime, et, par l'effet de ces deux incomparables agents d'unification, la raison ethnographique est écartée du gouvernement des choses humaines pour dessiècles.

L'invasion des barbares fut, malgré les apparences, un pas de plus dans cette voie. Les découpures de royaumes barbares n'ont rien d'ethnographique ; elles sont réglées par la force ou le caprice des envahisseurs. La race des populations qu'ils subordonnaient était pour eux la chose la plus indifférente. Charlemagne refit à sa manière ce que Rome avait déjà fait : un empire unique composé des races les plus diverses ; les auteurs du traité de Verdun, en traçant imperturbablement leurs deux grandes lignes du nord au sud, n'eurent pas le moindre souci de la race des gens qui se trouvaient à droite ou à gauche. Les mouvements de frontière qui s'opérèrent dans la suite du Moyen Âge furent aussi en dehors de toute tendance ethnographique. Si la politique suivie de la maison capétienne est arrivée à grouper à peu près, sous le nom de France, les territoires de l'ancienne Gaule, ce n'est pas là un effet de la tendance qu'auraient eue ces pays à se rejoindre à leurs congénères. Le Dauphiné, la Bresse, la Provence, la Franche-Comté ne se souvenaient plus d'une origine commune. Toute conscience gauloise avait péri dès le IIe siècle de notre ère, et ce n'est que par une vue d'érudition que, de nos jours, on a retrouvé rétrospectivement l'individualité du caractère gaulois.

La considération ethnographique n'a donc été pour rien dans la constitution des nations modernes. La France est celtique, ibérique, germanique. L'Allemagne est germanique, celtique et slave. L'Italie est le pays où l'ethnographie est la plus embarrassée. Gaulois, Étrusques, Pélasges, Grecs, sans parler de bien d'autres éléments, s'y croisent dans un indéchiffrable mélange. Les îles Britanniques, dans leur ensemble, offrent un mélange de sang celtique et germain dont les proportions sont singulièrement difficiles à définir.

La vérité est qu'il n'y a pas de race pure et que faire reposer la politique sur l'analyse ethnographique, c'est la faire porter sur une chimère. Les plus nobles pays, l'Angleterre, la France, l'Italie, sont ceux où le sang est le plus mêlé. L'Allemagne fait-elle à cet égard une exception ? Est-elle un pays germanique pur ? Quelle illusion ! Tout le Sud a été gaulois. Tout l'Est, à partir d'Elbe, est slave. Et les parties que l'on prétend réellement pures le sont-elles en effet ? Nous touchons ici à un des problèmes sur lesquels il importe le plus de se faire des idées claires et de prévenir les malentendus.

Les discussions sur les races sont interminables, parce que le mot race est pris par les historiens philologues et par les anthropologistes physiologistes dans deux sens tout à fait différents. Pour les anthropologistes, la race a le même sens qu'en zoologie ; elle indique une descendance réelle, une parenté par le sang. Or l'étude des langues et de l'histoire ne conduit pas aux mêmes divisions que la physiologie. Les mots des brachycéphales, de dolichocéphales n'ont pas de place en histoireni en philologie. Dans le groupe humain qui créa les langues et la discipline aryennes, il y avait déjà des brachycéphales et des dolichocéphales. Il en faut dire autant du groupe primitif qui créa les langues et l'institution dites sémitiques.

En d'autres termes, les origines zoologiques de l'humanité sont énormément antérieures aux origines de la culture, de la civilisation, du langage. Les groupes aryen primitif, sémitique primitif, touranien primitif n'avaient aucune unité physiologique. Ces groupements sont des faits historiques qui ont eu lieu à une certaine époque, mettons il y a quinze ou vingt mille ans, tandis que l'origine zoologique de l'humanité se perd dans des ténèbres incalculables. Ce qu'on appelle philologiquement et historiquement la race germanique est sûrement une famille bien distincte dans l'espèce humaine. Mais est-ce là une famille au sens anthropologique ? Non, assurément. L'apparition de l'individualité germanique dans l'histoire ne se fait que très peu de siècles avant Jésus-Christ. Apparemment, les Germains ne sont pas sortis de terre à cette époque. Avant cela, fondus avec les Slaves dans la grande masse indistincte des Scythes, ils n'avaient pas leur individualité à part. Un Anglais est bien un type dans l'ensemble de l'humanité. Or le type de ce qu'on appelle très improprement la race anglo-saxonne n'est ni le Breton du temps de César, ni l'Anglo-Saxon de Hengist, ni le Danois de Knut, ni le Normand de Guillaume le Conquérant ; c'est la résultante de tout cela. Le Français n'est ni un Gaulois, ni un Franc, ni un Burgonde. Il est ce qui est sorti de la grande chaudière où, sous la présidence du roi de France, ont fermenté ensemble les éléments les plus divers.

Un habitant de Jersey ou de Guernesey ne diffère en rien, pour les origines, de la population normande de la côte voisine. Au XIe siècle, l'œil le plus pénétrant n'eût pas saisi des deux côtés du canal la plus légère différence. D'insignifiantes circonstances font que Philippe-Auguste ne prend pas ces îles avec le reste de la Normandie. Séparées les unes des autres depuis près de sept cents ans, les deux populations sont devenues non seulement étrangères les unes aux autres, mais tout à fait dissemblables. La race, comme nous l'entendons, nous autres, historiens, est donc quelque chose qui se fait et se défait. L'étude de la race est capitale pour le savant qui s'occupe de l'histoire de l'humanité. Elle n'a pas d'application en politique. La conscience instinctive qui a présidé à la confection de la carte d'Europe n'a tenu aucun compte de la race, et les premières nations de l'Europe sont des nations de sang essentiellement mélangé.

Le fait de la race, capital à l'origine, va donc toujours perdant de son importance. L'histoire humaine diffère essentiellement de la zoologie. La race n'y est pas tout, comme chez les rongeurs ou les félins, et on n'a pas le droit d'aller par le monde tâter le crâne des gens, puis les prendre à la gorge en leur disant : «Tu es notre sang ; tu nous appartiens !» En dehors des caractères anthropologiques, il y a la raison, la justice, le vrai, le beau, qui sont les mêmes pour tous. Tenez, cette politique ethnographique n'est pas sûre. Vous l'exploitez aujourd'hui contre les autres ; puis vous la voyez se tourner contre vous-mêmes. Est-il certain que les Allemands, qui ont élevé si haut le drapeau de l'ethnographie, ne verront pas les Slaves venir analyser, à leur tour, les noms des villages de la Saxe et de la Lusace, rechercher les traces des Wiltzes ou des Obotrites, et demander compte des massacres et des ventes en masse que les Othons firent de leurs aïeux ? Pour tous il est bon de savoir oublier.

J'aime beaucoup l'ethnographie ; c'est une science d'un rare intérêt ; mais, comme je la veux libre, je la veux sans application politique. En ethnographie, comme dans toutes les études, les systèmes changent ; c'est la condition du progrès. Les limites des États suivraient les fluctuations de la science. Le patriotisme dépendrait d'une dissertation plus ou moins paradoxale. On viendrait dire au patriote : «Vous vous trompiez ; vous versiez votre sang pour telle cause ; vous croyiez être celte ; non, vous êtes germain». Puis, dix ans après, on viendra vous dire que vous êtes slave. Pour ne pas fausser la science, dispensons-la de donner un avis dans ces problèmes, où sont engagés tant d'intérêts. Soyez sûrs que, si on la charge de fournir des éléments à la diplomatie, on la surprendra bien des fois en flagrant délit de complaisance. Elle a mieux à faire : demandons-lui tout simplement la vérité.

II. — *Ce que nous venons de dire de la race, il faut le dire de la langue.* La langue invite à se réunir ; elle n'y force pas. Les États-Unis et l'Angleterre, l'Amérique espagnole et l'Espagne parlent la même langue et ne forment pas une seule nation. Au contraire, la Suisse, si bien faite, puisqu'elle a été faite par l'assentiment de ses différentes parties, compte trois ou quatre langues. Il y a dans l'homme quelque chose de supérieur à la langue : c'est la volonté. La volonté de la Suisse d'être unie, malgré la variété de ses idiomes, est un fait bien plus important qu'une similitude souvent obtenue par des vexations. Un fait honorable pour la France, c'est qu'elle n'a jamais cherché à obtenir l'unité de la langue par des mesures de coercition. Ne peut-on pas avoir les mêmes sentiments et les mêmes pensées, aimer les mêmes choses en des langages différents ? Nous parlions tout à l'heure de l'inconvénient qu'il y aurait à faire dépendre la politique internationale de l'ethnographie. Il n'y en aurait pas moins à la faire dépendre de la philologie comparée. Laissons à ces intéressantes études l'entière liberté de leurs discussions ; ne les mêlons pas à ce qui en altérerait la sérénité. L'importance politique qu'on attache aux langues vient de ce qu'on les regarde comme des signes de race. Rien de plus faux. La Prusse, où l'on ne parle plus qu'allemand, parlait slave il y a quelques siècles ; le pays de Galles parle anglais ; la Gaule et l'Espagne parlent l'idiome primitif d'Albe la Longue ; l'Égypte parle arabe ; les exemples sont innombrables.

Même aux origines, la similitude de langue n'entraînait pas la similitude de race. Prenons la tribu proto-aryenne ou proto-sémite ; il s'y trouvait des esclaves, qui parlaient la même langue que leurs maîtres ; or l'esclave était alors bien souvent d'une race différente de celle de son maître. Répétons-le : ces divisions de langues indo-européennes, sémitiques et autres, créées avec une si admirable sagacité par la philologie comparée, ne coïncident pas avec les divisions de l'anthropologie. Les langues sont des formations historiques, qui indiquent peu de choses sur le sang de ceux qui les parlent, et qui, en tout cas, ne sauraient enchaîner la liberté humaine quand il s'agit de déterminer la famille avec laquelle on s'unit pour la vie et pour la mort.

Cette considération exclusive de la langue a, comme l'attention trop forte donnée à la race, ses dangers, ses inconvénients. Quand on y met de l'exagération, on se renferme dans une culture déterminée, tenue pour nationale ; on se limite, on se claquemure. On quitte le grand air qu'on respire dans le vaste champ de l'humanité pour s'enfermer dans des conventicules de compatriotes. Rien de plus mauvais pour l'esprit ; rien de plus fâcheux pour la civilisation. N'abandonnons pas ce principe fondamental, que l'homme est un être raisonnable et moral, avant d'être parqué dans telle ou telle langue, avant d'être un membre de telle ou telle race, un adhérent de telle ou telle culture. Avant la culture française, la culture allemande, la culture italienne, il y a la culture humaine. Voyez les grands hommes de la Renaissance ; ils n'étaient ni français, ni italiens, ni allemands. Ils avaient retrouvé, par leur commerce avec l'antiquité, le secret de l'éducation véritable de l'esprit humain, et ils s'y dévouaient corps et âme. Comme ils firent bien !

III. – *La religion ne saurait non plus offrir une base suffisante à l'établissement d'une nationalité moderne.* À l'origine, la religion tenait à l'existence même du groupe social. Le groupe social était une extension de la famille. La religion, les rites étaient des rites de famille. La religion d'Athènes, c'était le culte d'Athènes même, de ses fondateurs mythiques, de ses lois, de ses usages. Elle n'impliquait aucune théologie dogmatique. Cette religion était, dans toute la force du terme, une religion d'État. On n'était pas athénien si on refusait de la pratiquer. C'était au fond le culte de l'Acropole personnifiée. Jurer sur l'autel d'Aglaure, c'était prêter le serment de mourir pour la patrie. Cette religion était l'équivalent de ce qu'est chez nous l'acte de tirer au sort, ou le culte du drapeau. Refuser de participer à un tel culte était comme serait dans nos sociétés modernes refuser le service militaire. C'était déclarer qu'on n'était pas athénien. D'un autre côté, il est clair qu'un tel culte n'avait pas de sens pour celui qui n'était pas d'Athènes ; aussi n'exerçait-on aucun prosélytisme pour forcer des étrangers à l'accepter ; les esclaves d'Athènes ne le pratiquaient pas. Il en fut de même dans quelques petites républiques du Moyen Âge. On n'était pas bon vénitien si l'on ne jurait point par saint Marc ; on n'était pas bon amalfitain si l'on ne mettait pas saint André au-dessus de tous les autres saints du paradis. Dans ces petites sociétés, ce qui a été plus tard persécution, tyrannie, était légitime et tirait aussi peu à conséquence que le fait chez nous de souhaiter la fête au père de famille et de lui adresser des vœux au premier jour de l'an.

Ce qui était vrai à Sparte, à Athènes, ne l'était déjà plus dans les royaumes sortis de la conquête d'Alexandre, ne l'était surtout plus dans l'Empire romain. Les persécutions d'Antiochus Épiphane pour amener l'Orient au culte de Jupiter Olympien, celles de l'Empire romain pour maintenir une prétendue religion d'État furent une faute, un crime, une véritable absurdité. De nos jours, la situation est parfaitement claire. Il n'y a plus de masses croyant d'une manière uniforme. Chacun croit et pratique à sa guise, ce qu'il peut, comme il veut. Il n'y a plus de religion d'État ; on peutêtre français, anglais, allemand, en étant catholique, protestant, israélite, en ne pratiquant aucun culte. La religion est devenue chose individuelle ; elle regarde la conscience de chacun. La division des nations en catholiques, protestantes, n'existe plus. La religion, qui, il y a cinquante-deux ans, était un élément si considérable dans la formation de la Belgique, garde toute son importance dans le for intérieur de chacun ; mais elle est sortie presque entièrement des raisons qui tracent les limites des peuples.

IV. – *La communauté des intérêts est assurément un lien puissant entre les hommes.* Les intérêts, cependant, suffisent-ils à faire une nation ? Je ne le crois pas. La communauté des intérêts fait les traités de commerce. Il y a dans la nationalité un côté de sentiment ; elle est âme et corps à la fois ; un *Zollverein* n'est pas une patrie.

V. — *La géographie, ce qu'on appelle les frontières naturelles, a certainement une part considérable dans la division des nations.* La géographie est un des facteurs essentiels de l'histoire. Les rivières ont conduit les races ; les montagnes les ont arrêtées. Les premières ont favorisé, les secondes ont limité les mouvements historiques. Peut-on dire cependant, comme le croient certains partis, que les limites d'une nation sont écrites sur la carte et que cette nation a le droit de s'adjuger ce qui est nécessaire pour arrondir certains contours, pour atteindre telle montagne, telle rivière, à laquelle on prête une sorte de faculté limitante a priori ? Je ne connais pas de doctrine plus arbitraire ni plus funeste. Avec cela, on justifie toutes les violences. Et, d'abord, sont-ce les montagnes ou bien sont-ce les rivières qui forment ces prétendues frontières naturelles ? Il est incontestable que les montagnes séparent ; mais les fleuves réunissent plutôt. Et puis toutes les montagnes ne sauraient découper des États. Quelles sont celles qui séparent etcelles qui ne séparent pas ? De Biarritz à Tornea, il n'y a pas une embouchure de fleuve qui ait plus qu'une autre un caractère bornal. Si l'histoire l'avait voulu, la Loire, la Seine, la Meuse, l'Elbe, l'Oder auraient, autant que le Rhin, ce caractère de frontière naturelle qui a fait commettre tant d'infractions au droit fondamental, qui est la volonté des hommes. On parle de raisons stratégiques. Rien n'est absolu ; il est clair que bien des concessions doivent être faites à la nécessité. Mais il ne faut pas que ces concessions aillent trop loin. Autrement, tout le monde réclamera ses convenances militaires, et ce sera la guerre sans fin. Non, ce n'est pas la terre plus que la race qui fait une nation. La terre fournit le substratum, le champ de la lutte et du travail ; l'homme fournit l'âme. L'homme est tout dans la formation de cette chose sacrée qu'on appelle un peuple. Rien de matériel n'y suffit. Une nation est un principe spirituel, résultant des complications profondes de l'histoire, une famille spirituelle, non un groupe déterminé par la configuration du sol.

Nous venons de voir ce qui ne suffit pas à créer un tel principe spirituel : la race, la langue, les intérêts, l'affinité religieuse, la géographie, les nécessités militaires. Que faut-il donc en plus ? Par suite de ce qui a été dit antérieurement, je n'aurai pas désormais à retenir bien longtemps votre attention.

III

Une nation est une âme, un principe spirituel. Deux choses qui, à vrai dire, n'en font qu'une, constituent cette âme, ce principe spirituel. L'une est dans le passé, l'autre dans le présent. L'une est la possession en commun d'un riche legs de souvenirs ; l'autre est le consentement actuel, le désir de vivre ensemble, la volonté de continuer à faire valoir l'héritage qu'on a reçu indivis. L'homme, Messieurs, ne s'improvise pas. La nation, comme l'individu, est l'aboutissant d'un long passé d'efforts, de sacrifices et de dévouements. Le culte des ancêtres est de tous le plus légitime ; les ancêtres nous ont faits ce que nous sommes. Un passé héroïque, des grands hommes, de la gloire (j'entends de la véritable), voilà le capital social sur lequel on assied une idée nationale. Avoir des gloires communes dans la passé, une volonté commune dans le présent ; avoir fait de grandes choses ensemble, vouloir en faire encore, voilà les conditions essentielles pour être un peuple. On aime en proportion des sacrifices qu'on a consentis, des maux qu'on a soufferts. On aime la maison qu'on a bâtie et qu'on transmet. Le chant spartiate : « Nous sommes ce que vous fûtes ; nous serons ce que vous êtes » est dans sa simplicité l'hymne abrégé de toute patrie.

Dans le passé, un héritage de gloire et de regrets à partager, dans l'avenir un même programme à réaliser ; avoir souffert, joui, espéré ensemble, voilà ce qui vaut mieux que des douanes communes et des frontières conformes aux idées stratégiques ; voilà ce que l'on comprend malgré les diversités de race et de langue. Je disais tout à l'heure : « avoir souffert ensemble » ; oui, la souffrance en commun unit plus que la joie. En fait de souvenirs nationaux, les deuils valentmieux que les triomphes, car ils imposent des devoirs, ils commandent l'effort en commun.

Une nation est donc une grande solidarité, constituée par le sentiment des sacrifices qu'on a faits et de ceux qu'on est disposé à faire encore. Elle suppose un passé ; elle se résume pourtant dans le présent par un fait tangible : le consentement, le désir clairement exprimé de continuer la vie commune. L'existence d'une nation est (pardonnez-moi cette métaphore) un plébiscite de tous les jours, comme l'existence de l'individu est une affirmation perpétuelle de vie. Oh ! je le sais, cela est moins métaphysique que le droit divin, moins brutal que le droit prétendu historique. Dans l'ordre d'idées que je vous soumets, une nation n'a pas plus qu'un roi le droit de dire à une province : « Tu m'appartiens, je te prends ». Une province, pour nous, ce sont ses habitants ; si quelqu'un en cette affaire a droit d'être consulté, c'est l'habitant. Une nation n'a jamais un véritable intérêt à s'annexer ou à retenir un pays malgré lui. Le vœu des nations est, en définitive, le seul critérium légitime, celui auquel il faut toujours en revenir.

Nous avons chassé de la politique les abstractions métaphysiques et théologiques. Que reste-t-il, après cela ? Il reste l'homme, ses désirs, ses besoins. La sécession, me direz-vous, et, à la longue, l'émiettement des nations sont la conséquence d'un système qui met ces vieux organismes à la merci de volontés souvent peu éclairées. Il est clair qu'en pareille matière aucun principe ne doit être poussé à l'excès. Les vérités de cet ordre ne sont applicables que dans leur ensemble et d'une façon très générale. Les volontés humaines changent ; mais qu'est-ce qui ne change pas ici-bas ? Les nations ne sont pas quelque chose d'éternel. Elles ont commencé, elles finiront. La confédération européenne, probablement, les remplacera. Mais telle n'est pas la loi du siècle où nous vivons. À l'heure présente, l'existence des nations est bonne, nécessaire même. Leur existence est la garantie de la liberté, qui serait perdue si le monde n'avait qu'une loi et qu'un maître.

Par leurs facultés diverses, souvent opposées, les nations servent à l'œuvre commune de la civilisation ; toutes apportent une note à ce grand concert de l'humanité, qui, en somme, est la plus haute réalité idéale que nous atteignions. Isolées, elles ont leurs parties faibles. Je me dis souvent qu'un individu qui aurait les défauts tenus chez les nations pour des qualités, qui se nourrirait de vaine gloire ; qui serait à ce point jaloux, égoïste, querelleur ; qui ne pourrait rien supporter sans dégainer, serait le plus insupportable des hommes. Mais toutes ces dissonances de détail disparaissent dans l'ensemble. Pauvre humanité, que tu as souffert ! Que d'épreuves t'attendent encore ! Puisse l'esprit de sagesse te guider pour te préserver des innombrables dangers dont ta route est semée !

Je me résume, Messieurs. L'homme n'est esclave ni de sa race, ni de sa langue, ni de sa religion, ni du cours des fleuves, ni de la direction des chaînes de montagnes. Une grande agrégation d'hommes, saine d'esprit et chaude de cœur, crée une conscience morale qui s'appelle une nation. Tant que cette conscience morale prouve sa force par les sacrifices qu'exige l'abdication de l'individu au profit d'une communauté, elle est légitime, elle a le droit d'exister. Si des doutes s'élèvent sur ses frontières, consultez les populations disputées. Elles ont bien le droit d'avoir un avis dans la question. Voilà qui fera sourire les transcendants de la politique, ces infaillibles qui passent leur vie à se tromper et qui, du haut de leurs principes supérieurs, prennent en pitié notre terre à terre. « Consulter les populations, fi donc ! Quelle naïveté ! Voilà bien ces chétives idées françaises qui prétendent remplacer la diplomatie et la guerre par des moyens d'une simplicité enfantine ».

Attendons, Messieurs ; laissons passer le règne des transcendants ; sachons subir le dédain des forts. Peut-être, après bien des tâtonnements infructueux, reviendra-t-on à nos modestes solutions empiriques. Le moyen d'avoir raison dans l'avenir est, à certaines heures, de savoir se résigner à être démodé.

Disponible dans la collection

Les Atemporels

— **Le Roi du monde** de René Guénon
Préfacé par Pénélope Morin

— **1984** de George Orwell
Préfacé par Jean-David Haddad
Traduit par Clémentine Vacherie

— **La ferme des animaux** de George Orwell
Préfacé et traduit par Aïssatou Thiam

— **Psychologie des foules** de Gustave Le Bon
Préfacé par Benoist Rousseau

— **Le livre des esprits**
Préfacé par Yoann Laurent-Rouault

— **Le livre des médiums** d'Allan Kardec
Préfacé par Amélie Galiay

— **Les paradis artificiels** de Charles Baudelaire
Préfacé par Yoann Laurent-Rouault

— **La crise du monde moderne** de René Guénon
Préfacé par Jean-David Haddad

Suivez **JDH Éditions** sur les réseaux sociaux
pour en savoir plus sur les auteurs, les nouveautés, les projets…

Découvrez notre boutique en ligne sur
www.jdheditions.fr

www.ingramcontent.com/pod-product-compliance
Lightning Source LLC
LaVergne TN
LVHW041807190726
843493LV00009B/2828